ÉTRENNES

TOURQUENNOISES

ET LILLOISES.

HUITIÈME RECUEIL.

HUITIÈME
ÉTRENNES
TOURQUENNOISES,

OU

RECUEIL

de

CHANSONS FACÉTIEUSES

ET PLAISANTES,

Par feu F. DE COTTIGNIES , dit
Brûle-Maison, et autres ;

SUIVI

De l'histoire de *Jean-Quertoffe Berdin* ,
fils de *Jacques*, jardinier des Ursulines,
de Tourcoing.

A TOURCOING,

ET SE TROUVE A LILLE ,

Chez VANACKERE , Libraire-Éditeur.

L'ORGUE AUX CHATS.

En patois de Tourcoing, (*).

Air: Noté N° 1 , 5me Recueil.

Quiantons d'un Tourquenois,
Unne histoire nouvelle ;
Non jamè de lilois
Ne da fé de pu belle ,
Y a voulu, on l' prouvera ,
Jué des orgues aveu des cats.

Unne fiette au matin
A Tournai un le menne ,

(*) *Cette chanson est déjà im-*
primée en tête du premier recueil ,
mais comme elle est incomplète
et qu'il y manque cinq couplets ,
nous avons cru devo'r la donner
en entier dans ce nouveau recueil.

A l'abby de St Martin
Vende des becachaines ;
Quant un a eu tout acaté,
A ouï l'sorgue chiffloté.

Les grosses fageoient bou, bou,
Et les petites tire lire,
Le Tourquenois desous
Pu en pu il admire !
Les moyennes orgues à leu tour,
Tems-en-tems fageoient tourelour.

Le Tourquenois, tout bas,
Demandit à Catelaine,
Aveu quoi fé t'on cha ?
Acout' quement qui waine !
Elle y a répondu tout bas,
Ches busiaux sont remplis de cats.

Je m'en doutois di ty !
Pu en pu y s'enfenouille :
Accoute en pau Marie
Comme chela berdoulle !
L'un waine haut, et l'autre bas,
Et l'autre waine la u la.

Revenant à Tourcoing
Che même jour de fiette,

Busiant sur che point,
Y se mit dewen l' tiette,
Après avoir ouï chela,
De faire d'sorgue aveu des cats.

Au soir et au matin,
Y vas de plache en plache,
Les cats de ses vigins,
Les attraper au liache :
Et y n'davoit ben deux cartron,
Pour faire che biau carillon.

Il avoit deven s' majon,
Unne vieille écasse d'osil,
Il a mis den le quénon,
Tous ches biaux cats habile :
Mettant les plus gros les premiers,
Et les plus petits les derniers.

Y avoit un gros matou
Qui n'étoit jamè lasse ;
L'a mit tout l' premier d' tout,
Pour tan mieu faire l' basse ;
Et les a tout enclos dewen,
Ches povres cats graimnoient des
    dents !

Tout comme un batteleu,
S'accomodant en ordre,

Les loyant par leu queu,
Pendit au bout des cordes :
Des poises comme on voit drola
Pour tant mieu faire wainié chés
    cats.

Au mitant tout de bon ,
Y se mit en posture ,
Aveuque un gros baton ,
Y batoit le mesure ,
Sus les queux de ches povres cats ,
L'un wainnioit haut et l'autre bas.

Tarois dit tout de bon
Qui juoit du timbale ,
Ils fagcoient mion , mion , mion ,
En criant comme un diale !
Et pour mieux attrapper le ton ,
Tems-en-tems tapoit du baton.

Sen fieu se mit deven ,
D'unne fachon nouvielle
Y pinchoit de tems-en-tems ,
Ches cats aveu d' s'ettenielle ,
A leu pates et à leu groins ,
Jamé comme ches cats grainnioins.

La , sol , fa , mi , re , ut ,
Criant à leux oreilles :

Tous les vigins réus,
D'un té bruit. sans pareille,
Dewen l'mageon sont accourus,
Pensant que tout étoit en fu.

Ayant reconnus leus cats
Enclos dewen che l'écasse,
Aussitôt gros Colas
Pren un baton et passe,
Ché ty qui fé morir nos cats,
Attens men dial te n'dara.

Sans entende les raigeons,
Qui voloit jué de s'orgues ;
Ont pris des gros batons,
Tout en fageant des morgues ;
Sus le dos du povre luron,
Ont jué des orgues à fachon.

Ils l'on battu si plat,
Qui l'ont laichié pour more :
Après ont pris leus cats,
Digeant reven encore !
De te panche nous ferons un soufflé,
Nous jurons d'sorgue avcu ten né.

LE SAINT HOMME

DE CURÉ.

En patois de Tourcoing.

Air: *Madelon sen vat à Rome.*

Noté N° 1.

MICHAUD et le gros Colas,
En r'venant de pourmené ;
De long y ont vu unne femme
Aveuque monsieur le curé ,
Ah mon dieu ! queul honnête
   homme
Queu St. homme de curé !

De long y ont vu , etc.
Muchons nous derrière che l'arbre ,
Pour tant mieux les ravisée.
Ah mon dieu , etc.

Muchons nous , etc.
Y ont vu qui s'en daloient
Tout drot deven un vert pré ,
Ah mon dieu ! etc.

Y ont vu, etc.
Elle l'y fageot douche maine,
Il le rewettioit den côté!
Ah mon dieu, etc.

Elle l'y fageot douche, etc.
Il a mis la sen gros livre,
Sen capiau et sen colet,
Ah mon dieu, etc.

Il a mis la, etc.
Dime en pau chin qui va faire,
Esche qui va batte du blé?
Ah mon dieu, etc.

Dime en pau, etc.
Y se sont assis su l'hierbe,
Après y z'ont devisé,
Ah mon dieu, etc.

Y se sont assis, etc.
Quoiche qu'un dirot qui chuchiel-
    lent,
Esche qui ditent leu capelé?
Ah mon dieu, etc.

Quoiche qu'un dirot, etc.
Wette un pau comme y s'torténe,
Et comme y tape des pieds!
Ah mon dieu, etc.

Wette un pau , etc.
Comme il hochaine se tiette ,
Et comme il est écauffé !
Ah mon dieu , etc.

Comme il hochaine , etc.
Un dirot qui sont berloux ,
Comme y z'on les yeux tournés !
Ah mon dieu , etc.

Un dirot qui , etc.
Le curé wettiot par tierre ,
Et le fille dans les nuée ,
Ah mon dieu , etc.

Le curé wettiot , etc.
Compère Colas ché te femme ,
Je viens de vire sen né.
Ah mon dieu , etc.

Compère Colas , etc.
Noufé , noufé , chè Quertienne ,
Le servante du greffié.
Ah mon dieu , etc.

Noufé , noufé , etc.
En v'rité s'rot bien me caronne
Je l' reconos à ses guertiès !
Ah mon dieu , etc.

En v'rité s'rot ben, etc.
Aussitôt li dit Michaud,
En desrottant sen bonné,
Ah mon dieu, etc.

Aussitôt li dit, etc.
Si t'a bré pour ette wïo,
Te peu ben te rapagé.
Ah mon dieu, etc.

Si t'a bré, etc.
Veute venir au parlement,
Nous les ferons condamné,
Ah mon dieu, etc.

Veute venir, etc.
Quoiche que l' parlement dira,
En entendant chès sots plée?
Ah mon dieu, etc.

Quoiche que l' parlement, etc.
Allons putôt m' n'ami boire,
Un gras lot au cabaret.
Ah mon dieu, etc.

LE GARCHON DIFFICILE.

En patois de Lille.

Air : *Dens se basse cuigeaine.*

Noté Nº 2.

ALLONS y faut que je te marie,
Dijo Marie-Barbe à Louis,
Va t'en vir me bielle sœur
Sen père est riche, il y fait bon,
Il est tout gros marchand de carbon,
Tel lara, j' tel l'asseure.

Te me donne la unne bonne se-
    maine,
Quoi mi j'épouserai chel laidaine
Esche que te moque de my ?
Quoi ! le fille de ch' marchand
    d'brésette !
Et quand j' ly aros croqué s'no-
    gette,
Encore j' nen vodros my.

Veute avoir chel dentelière,
Quelle a se mère cabarétière,
Au coin del rue d'Vingnette ?
Allons nous en boire à s'mason,
Nous j'teron les feves devent les
  coulons,
Nous tat'ron s'a tablette.

Elle est séque tout comme unne
  planque,
Cros tu qu'j'ai perdu chin qui
  t'manque,
Je n'sus mi si simplot !
Sen nom n'a mi un trop bon s'naque,
Je cros que te cros que j'nai pu
  d'naque.
Que j'sus un mamulot.

Ma foi te velà bien dégoûté,
Un n'sée mi par u t'atouché,
Forche que t'es doreux !
Va ten ché chelle crasse veffe,
Elle est aussi bonne que nueffe,
Fau mi ette si nacsieux.

Elle a se bouque si papennate,
Sen né est toudi suainate,
Et ses yeux sont ganiche ;

Elle a se piau toute cornate,
Et se chair est si molicate,
J' n'en veu point, Dieu vous b'niche.

Un t'en petrira unne esprè,
Tout purain bure et chuque et
    euwé.
Pour chelle la elle sera broque !
Va t'en vir le fille de Driot,
Les garchons pour elle courent sot ,
Y n'te manquera point de croque.

Pour de l'argent y n'men faut mi ,
M'fodro unne fille coi et rassi
Sage et pleine d'honneur :
Ensanne nous arimes des enfants ,
Hélas ! che serot tout men passe—
    temps ;
Je n'veux point d'aute bonheur.

Un n'a mi des enfants tout seu ,
Tout le moins y faut ette à deu ,
Y faut s'mette en ménage,
Mi je cros que te pense qu'un les fè
Aveuque de l'tierre de potié
Un petit cose d'aracage.

L'AMOUREUX BERNEUX.

En patois de Tourcoing.

AIR : *Me pourmenant au Vert-Touquet.*

Noté Nº 3, 5me Recueil.

BELLE vechi le mos de mai,
Nous irons pourmené ensanne,
Nous irons tout du long de ches
    hayes,
Jusqu'à chel grosse choque d'anne,
Là nous nous assirons en pau,
Je te promet Jennette
Que je te cueillerai un biau hou-
    piau
Aveuque des violettes.

Taigié, vous se moqué de mi
Vous m'faite trop honteuse,
Car j' vous ai vu au bout de no
    courti
Aveuque unne amoureuse,

Et je sè ben par bonne raison
Que vous aimez Tonnette ,
Ne faut nen venir à nos majon ,
Pour se moquié de ches bachelette.

Te peux ben croire fermement
Qe j'n'aime nen Tonnette ,
Car j'li aroit planté un maí
Aveu des marionnettes.
Ell' m'a l'autr' jour fé un affron
Qu'elle a tout bradé men linge,
Quanqu'elle aro chen patacon
Elle n'aroit nen de m'ninge.

D'unne main je t'nois un romarin ,
De l'autre je te jure
Que j' t'nois unne grosse poigni
        d'étrain.
Grimpant su l'couverture,
L'peugni d'étrain sa écapée
J'ai brondelé à merveille ;
J'ai queu deven unne privée ,
Den l'bren jusqu'à l'z'oreille.

Me dite m'en pau men petit fieu
N'avez-vous n'en eu peur ,
Et ne vous êtes vous nen cochié
De querre d'unne tell' hauteur.

J' n'avois mi warde aparament ,
J'étois mieux qu'à m'coutcume
Car j'étois là plus mollement
Que deven un lit de pleume.

Par là est venu à passé
Jean-Robert men biau frère ,
Y venoit de planter un mai ,
Y m'ont vu al misère ;
Y m'ont retiré ben et' biau
Avcu l'fieu grand Toine ;
Y m'ont lavé deven un puriau
M' n'habit étoit tout guane.

Vechi tous les complimens
De Jaco et Jeannette ,
Et de tous leux entretiens
De leux bielles amourettes ;
Deven leux raisons n'y avot du sens,
Mè du sens del basse cambre
Qui couroit deven leu' complimen,
Comme un queva qui va l'ambre.

CHANSON PLAISANTE,

D'un Tourquennois qui a coupé la tête à son baudet, croyant que c'était un loup-garou.

Air noté N° 1 , 4me Recueil.

QUIANTONS unne plaisante his-
toire ,
Tout depuis peu arrivé ;
D'un Tourquennois nous faut
croire ,
Qui a tué sen bodé
Ly et Jacquè ,
Par un mardi au soir,
Vous entendré le sujet ,
Comme il l'a fé.

Che Tourquennois pour nouvelle ,
Y avoit pour le chertain ,
Un bodé à longue z'oreilles ,
Qui maingeois si bien du foin

Et du crépin ;
Du soir se réveille,
Fonce le pacieu d'étrain ,
   Queure au gardin.

Che Tourquennois sans parelle ,
Rev'nant de boire tout en train ,
Tout quiautant la pironelle ,
Aveuque sen biau cousin ,
   Claquant ses mains :
Al' lueur del bielle ,
A vu s'en bodé rondin ,
   Deven sen gardin.

Che Tourquennois en fourfelle ,
S'est en allé tout soudain ,
Courir par toutes les ruelles ,
Pour avertir ses wigins ,
   Digeant Crépin ,
Et je ne peu nen comprendre ,
Si j'ai là vu un grand leu
   U un chevreu !

Ses wigins tout en allarme ,
A l'entendre ainsi parlé ,
Sitot y ont pris les armes ,
L'un a pris un euwé
   L'aute un fourquié ;
Criant à l'alarme !

Puis l'aute a pris un fléau,
  L'aute sen coutiau.

Piro a pris un hallebarde,
Et l'autre unne éconce à s'main,
Dit y faut donné l'aubade,
Chè comme un esprit malin
  Digeoit Crepin :
Ma foi y n'a mi warde
A répondu Pierre Leroux,
  Chèt un leu waroux.

Il a tout l'fachon d'unne licorne
A dit Guilbert Laureigné;
Piro dit qui n'a nen de corne,
Ch'trop plutôt un pourchiau inglé,
  N'allons nen tout prés
Digeoit Jean-Gringole,
Ché un tigre tout de bon
  U un lyon.

Un eu dit qu'en t'noit l'halle,
Quand qu'un parloit d'nn bodé;
A dit ly même quand chetroit un
    diale.
Je vois querquié men mousquié
  Pour le tué,
Mais justement le balle

A aderchié d'ven le trau du cu
   L'a rué ju.

Courant d'un pas sans égal ,
Quan qui ont venu tout près ,
Il a juré par le grand diale ,
Par ma foi ché men bodé
   Qui est tué !
Et pour vir l'co del balle ,
Y l'ont tourné desou et dessu
   Et n'ont rien vu.

Che Tourquennois jure , tempête
A l'entour de sen bodé ,
Et dit : J'va t'copé l'tiette
U ben t'na qua te levé ,
   On a parlé ,
Il a pris unne apielle ,
Y l'y a copé l'attriau
   Comme un bouriau.
Ch'tourquenois dit à s'mequaine ,
D'main y tra ben attrapé ,
Quand qui ira mengié s'tranaine ,
Que se tiette sera copé
   Y ne porra pu mié !
Mè dime en pau Heleine ,
Si en peu mieux l'attrapé !
   En vérité.

LE PORTRAIT

DE LA FILLE A MARIE.

Chanson en patois de Lille.

AIR : *Pour soumettre son âme.*

Noté N° 3.

Ché le fille à Marie
A qui j'ai donné men cœur,
Ché bien le pu jolie
Qui n'y a den tout Saint-Sauveur :
Aveuque Choise de l' rue d'Zé-
        taque ,
Et Catlaine del rue d'Pos ,
Il ont toudy fé leu taque ,
Quan qui passent par m'nouvros.

Fodroi l' vir les démainche ,
Quan quel s'en va pourmené ,
Quan quel a du nette linge ,
Y faudroi l'vir r' quinqué :

Elle marche comme unne reine,
Den l'hedoul sans se plaqué,
Mé ché quel marcherot sans peine
Sur des euwes sans les croqué.

Quan je le vos venir,
Je vodros bien li parlé,
J'ai tant de coses à li dire,
J'su muau quan j'su tout pré :
J'sue, j'tranne et je tressaille ;
J'ouve m' bouque, j'abache mes
　　　yeux,
Si j'poros n'n'aimé un autre,
J'ne seros my si malheureux.

Elle a unne taille si faine,
Qu'un l'empogneros d'unne seule
　　　main,
Blanque tout comme del fraine :
S'piau terlui comme du satin,
Ses bras sont comme cheu de
　　　chire,
Qu'un mé à ches p'tits enfants,
Au bétliem qu'un va vire,
Le premier jour de l'an.

Elle a des z'yeux fendus,
Largue comme des mourmoulettes.

Ses cheveux noir et crépu ,
Sen nez point pu gros qu'unne no-
    gette :
Ses jos rouge com' d' s'suwés de
    paque ,
L'trau de s'bouque est si étrot
Que quan qu'elle veut rire à claque,
Es fend pu d'a vingt endrot.

Un jour den sen gardin
Jel l'ai rencontré seulette ,
Sitôt je ly ai pris s'main ,
Elle me dit va n'fé point l'biette :
M'mère est allé à vieppe ,
Et men père au cabaré ,
Si saroient que te fe l'biette ,
Y me feroient mette de côté.

Elle implorot l'Bon Dieu ,
En criant à s'en secours ,
Elle arot bien fé mieux
De t'nir à deux mains s'naicours :
En criant mon Dieu , hélas !
Comme unne fille éperdue !
Mé ché qu'elle crioit tout bas ,
Crainte qu'eun l'aro entendu.

LE ROI BOIT,

CHANSON PATOISE.

Air connu.

Par l'jour del nuit des rots,
Tou l'vilage y étot,
Nous étimes tout prié
A un fameux soupé
A l'mason Oveigneur,
Le censier du seigneur.

Nous étimes quarante chonq,
Mi, men père et m'n'onque ;
Le curé, le servant,
Le bailli, le sergent,
Sans compter les parens,
Etimes je n'sé combien de gens.

Y ni avo quatre ogeons,
Six hennettes, trois gambons,
Six tartes, six watiaux,
Tros hattes, tros plats de viau :
Del bierre tout sen so
Et du vin à gogo.

Le femme del mason
Est une femme à fachon ;
Ché unne grosse mami
Qui enten ben l'lari ;
Et quand ché du sérieux ,
Elle l'entend encore mieux.

Sont venu del cuigeaine
Les deux jones mesquaine ,
Et Téro et Sabette ,
Les servantes des bettes ,
Et no varlet Pirôt ,
Si sage à faire le sot.

Il ni avos père Xavier ,
Carme de sen métier ;
Les filles confesses , praiche ,
Pour leu salut y draiche ;
Y bo en cloant s'yeux ,
Comme un saint religieux.

Michaut dit à Jacquelaine :
Ne fé point tant l'mitaine
Pour ten pu gros péché ,
Faut point t'en confessé :
Il le connois comme ty ,
Tel l'a fé aveuc ly.

Y n'y avos sen compagnon ,
Père Ladre , ché sen nom :

Ché un carme Descaud
Qui souffle le frod , le caud.
Il est toudy conten
Baille l'y chuque , baille l'y b..n.

Tout à-côté de l'y,
Etoit Monsieur Parsy :
Il est bien avanché
Den le marichaussé,
Si rauche encore d'un cren
Il devenera exempt.

Pu long étoit maite Jaques ,
Le médecin d'nos vaques ,
Ché un bon marichaux ,
Qui s'enten hien en quevaux :
Il est aussi catreux
Au service de ches messieux.

Qui aiche qui est la si rot ,
Ché l' greffier d' l'endrot :
Che n'est point un homme mol ,
Pour nos biens il vole ;
Il a tant de malice ,
Qui épante la justice.

Sen père n'est qu'un brinbeu ,
Et ly ché un monseu :

Il est tout dure d'argent,
En ni enten mi ren.
S'n'état est ben nommé,
I.' mystère del ternité.

Y ni avos l'amoureux
Del fille du pocheu ;
Me ché un maître drôle,
Qui s'est jué s'en rôle :
Y l'y donne rendez-vous,
A l'églige et partout.

Quand qu'il est tout prè d'elle,
Le sot li donne belle,
Il hante chelle fille,
Malgré tout se famille :
Il l'carresse en derriere
De sen père et de sen frère.

No curé set ben tout,
Mé il fé le basout,
Quan qui faudra parlé,
Il mouterra sen né :
Alors tous les parens
Véront qui faudra bien.

Est venu Dorothée,
D'un air tout épanté,

Querre monsieu Sauvage ,
L'chirurgien du village ;
Disant : Guerzol se meure ,
Y quervra tout-à-l'heure.

Je sus trop ben ichy ,
Il morra ben sans my ,
Men garchon l' seign'ra.
Tros, u quatre fos du bras :
S'il ly faut des lavemens ,
Quertienne l'y donnera ben.

Je n'peux my faire affron ,
Au maite del mason ,
Si peu duré incore ,
Demain jusqu'à l'aurore :
My et monsieu l' curé
Nous l'irons visité.

Le maite dit pourtant ,
N'est-y point béto tems ,
De faire passé al ronde
Des billets à tout le monde ;
Suivant l'usage pieu ,
Faut faire el part à Dieu.

Vos pensez tertou ben
Répond monsieu Leuren ,

Il a distribué
A chacun un billet ;
Le lieutnen dit : Ma foi,
Ché no curé qui est roi.

Nos bon curé zéleu ,
Prend un billet pour Dieu ,
Il l'euvre , il le pourmire ,
Ma foi y ni a point de quoi rire :
En vérité , pour le cot ,
Ché l'Bon Dieu qui est l'sot.

Chel acciden m'débauche ,
Follo l'faire roi au pauche ,
Pourtant y n'y a point d'abu ,
Il est sot de bon ju :
Pour réparé che tort ,
J'dirai l'office des morts.

Oublions ches hors pos ,
Querions tertout roi bot ,
Nô curé est brave homme ,
Relevera sen royaume :
Si chavo été Dieu ,
Nous n'arimes rien eu.

LE BAUDET

ENGAGÉ SOLDAT,

Chanson Tourquennoise.

AIR : *Si t'est par dieu parole, si t'est par l'diale va t'en.*

Ma fiche d'ven l'histoire
Brillent les Tourquennois ;
Je le dis à leu gloire ,
Et ché avec bon droit :
Il arrive souvent
Qu'uu atten des nouvelles ,
Tourcoing princhipalement
Nous en fournit des bielles.   *bis.*

Vous le savez assez
Y sont lourd en tout point,
Et l'histoire arrivé
Le prouve sans témoin :

Ché t'un sujet de rire,
A Lille et ses fourbour,
Et par entendre dire
Aux villages d'alentour.   *bis.*

Un Tourquennois luron
Reniant ses anchettes,
Et sans pensé pu long
A renonchié aux brouettes;
Et sans s'emharrassé
D'avoir le goussé nette,
Sen vaillant a risqué
Pour avoir un bodé.   *bis.*

Ché bodé faut tout dire
Etoit d'un grand corage :
Y étoit sans mentir
Arabié pour l'ouvrage,
Y ly venot ben à point
Pour porté des penniés ;
A Lille et à Tourcoing,
Y alloit au marqué.   *bis.*

Un jour de merquedy
Jour pour ly ben tragique !
Comme y fageoit toudy
Querqué ben se bourique,

Pour s'en allé à Lille
Vendre sen courtillage,
Pour norir s'famille
Et soutenir s'en menage.   *bis.*

A Lille y s'en va don
Y vende tout chuqu'y a ;
Choux , carottes , oignons,
Salade , rémola ;
Il a ramassé
Unne trentaine de gros Jaques,
Qu'il a mis de côté
Deven l'poche de s'casaque.   *bis.*

Il étoit tout fergu
D'unne telle rechette ,
Dit : J'ai trop ben vendu
Y faut que j'fache emplette ;
Mé devant men allé,
Di ty à sen bodé,
Y fora te loïé
Unne séchu chy tout pré.   *bis.*

Digeant chela y le maine
L'loïé prés du grand garde,
L'y donne de l'avaine ,
Dit comme cela te n'a warde ,
Et puis part aussitôt
S'en va dessus l'plachette ,

Aquaté des chabots,
Et unne paire de houzettes.   *bis.*

Enfin les guernadier
L'ayant bén ravisé,
Ditent : Il a l'air guerrier,
Y nous faut l'engagier.
Awi, ventre tripalle,
Répond un de ches galiar,
Il est de bonne talle,
Cha fera un bon sodar.   *bis.*

Et sans rien dire de pu
L'fette monté l'grand garde,
Enjolient men recru
D'un bonnet, d'unne cocarde ;
Y foloit quervé d'rire
Tertous che moment,
Tarois dit qui était fière.
De ses ajustemens.   *bis.*

Entre tems ches sodars
Ont fait fòrte ripalle.
Car chétois des galiars
Qui n'étoient point de palle.
Com' s' n'engagement
Etoit de six florins,
Y ont bu fort gaîment
Al santé du martin.   *bis.*

Ses affaires étant faite,
Mon homme vient su l'marqué,
Pour venir querre se biette
Uche qui l'avot laichié ;
Mais ne le véant pu
A s'plache ordinaire,
Pensant qui étoit perdu,
A quemenchié à braire.   *bis.*

Il l'apperchu enfin
Su l'grand garde posté :
Surpris del vir ensin
Si drolment ajusté,
Comme tout estomaquié
Jamé pu tel affaire,
Y avoit pau d'deux yeux,
Et l'wettioit l'bouque ouverte.   *bis*

Un ly vient dire soudain,
Tel l'ara aussitôt
Moyennant six florins,
Pour payé no écot.
Mi baillé six florins ?
Répond le Tourquennois,
J'barois putôt six bruaines,
Wardel, mi je m'en vois.   *bis.*

Puis encore rewettiant
S'en fidèle serviteur,

Y ly dit tout brayant,
Ta cachié ten malheur,
Puiche que t'ta engagié
De te propre volonté;
Mainge del vaque arragié
Tanque te soit matte assé.   *bis.*

Les soldats ayant vu
Mon homme s'en allé,
Le bodé ont vendu
A chety qui l'a demandé;
Un homme d'un village
Point fort long de Tourcoing,
Pensant d'en faire usage,
La ramené aveu soin.   *bis.*

Y n'savois point chel biette
Fort bien s'accoutumé
Aveuque sen dernier maite,
Au premier a retourné.
L'Tourquennois ébahi
Del vire revenir,
Quoi ly di ty aiche ty,
Veut tu bétôt courir.   *bis.*

Si on venoit à savoir
Que t'est ichi revenu,
Un m'feroit enragié noir,
Et ty te seroit pendu :

Va , va dit s'femme ensin ,
Mettons l'toudy drola ,
Si ches droles sont fins
Voiche que voiche un verra. *bis.*

Che n'est point sagement pensé ,
Ly dit l'homme en fourfielle ;
Fajon l'toudi entré
Perdon-le puis qu'un a bielle ,
Chety qui l'a ché l'pu fort
Comme j'ai entendu dire ,
Et si nous avons tort
Qu'un tache de l'faire vire. *bis.*

L'autre dupe , en effet ,
A venu à l'savoir
U étoit sen bodé ,
A prétendu l'ravoir ;
Sont entré en proché
Pour savoir qui l'ara ,
Un vous dira après
Qui des deux l'emportera. *bis.*

LES AMOURS

DE

JANOT ET DE THÉRÈSE

Chanson en patois de Lille.

Air : *Chet une pitié d'être fille.*

L'aut' jour, en passant par Lille,
J'ay ouï un drôle de discours ;
D'un garchon et d'unne fille
Qui d'visoite de leurs amours :
Mon Dieu qui m'ont faire rire ,
J'en rirai pu d'un jour.

Y ly contoie à s'n'oreille
Qui le wettoie si volontiers ;
Tous les fois que je m'réveille
Je songe à vous embracher ,
Je m'en grate à m'n'oreille ,
Me v'là encore trompé.

Le fille digeoit tout du même :
Jano , j'songe toudi à ti ,
Je t'aime d'un amour extrême ,

Si faurot j' morros pour ti :
Je ne suis pu à mi-même,
J'suis comme fou après ti.

Quoi seroi-ti vrai Thérèse
Que te seroi si amoureuse de mi,
Je te vas faise unne promesse
Que je ne m'en dédirai mi :
Dimainche après l' grand-messe
T' veneras juez aveu mi.

Si tes paroles sont chertaines,
Jano t'as gagné men cœur ;
Si n'étoie point dans m'poitraine
Je te l'barroie tout achet'heure :
N'prend nen si haut t'n'haleine,
Te l'ara tout-à-l'heure.

Mé Théro cha porot se faire,
Me ché qu'cha vous ferot du ma
N'pourot ton point duch'men'faire
Un trau à vo n'estoma ?
Fet tout chen qui faut faire
Et œuvre à men soula.

Allons Janno que j'avanche,
Pourquoi attende si longuement ?

Men cœur fait douc douc den
    m'panche.
Je ne saroit dire autrement!
Tout les corps et les manches.
Marions vitement.

Auparavant d'parler d'affaire ,
T'en père est-il bien content ?
Te sçais bien que chet l'ordinaire ,
Qu'en le demande à ses parens :
VVuidions vitement d'affaire ,
Nous irons pu avent.

Janno à quoi vous songié ,
Che n'est mi là l's'affaires d' men
    père !
Quand y s'a marié aveu m'mère ,
Y n'ma mi d'mandé congié ;
Sans li j'ferai bien m'saffaires ,
J'n'y suis mi obligié.

Et ti Janno fais tout du même ,
Il n't'es mi si près parent :
Si te mère n'scroie point s'femme
Y n't'appartenroit mi de ren :
Après tout quand on aime ,
Un père n'y fé ren.

RONDE LILLOISE.

En patois de Saint Sauveur.

Air connu.

Dieu te garde Marie,
Aime-tu bravement !
-- Awi, car tous les jours
Je devise à Clément ! (*)
Eh allons dont ma mignonne
Eh allons dont gaiement.

   Awi car tous les jours,
Je devise à Clément.
Et ty te n'amoureux
Se porte t'y fort bien ?
   Eh allons dont, etc.

   Et ty, etc.
Le mien il est en France
Qui fet de z'inniaux d'argent,
   Et allons etc.

(*) Toutes les rimes en *ent* se prononcent en patois, comme *bien* et *moyen.*

Le mieu, etc.
Y m'da envoyé un,
Le pu biau de tros chens,
   Eh allons dont, etc.

   Y m'da envoyé, etc.
En l'mettant den sen dogt,
Che biau inniau se fend.
   Eh allons dont, etc.

   En l'mettant, etc.
Ché tout comme uune fille,
Qui aime faussement.
   Eh allons dont, etc.

   Ché tout comme, etc.|
Je n' parle point pour mi,
Car j'aime uniquement!
   Eh allons dont, etc.

   Je n'parle point, etc.
Et s'il étot drochi,
Je l'y ferot un présent.
   Eh allons dont, etc.

   Et s'il étot, etc.
D'un biau cœur amoureux,
Qui brûle constamment.
   Et allons dont, etc.

D'un biau etc.
Et s'y volot l'éteindre,
Y set bien le moyen.
   Eh allons dont, etc.

   Et s'y volot, etc.
Il a un arozot,
Qui vient de ses parens.
   Eh allons, etc.

Il a un arozot, etc.
S'y volot le prêter,
Il en ferot de l'argent.
   Eh allons dont, etc.

S'y volot le prêter, etc.
De village en village,
Et à tous ches couvens.
   Eh allons dont, etc.

   De village, etc.
Et à tout ches madames
Qui sont ichi présent.
   Eh allons, etc.

HISTOIRE

DE

JEAN-QUERTOFFE

BERDIN,

Fils de *Jacques*, jardinier des
Ursulines de Tourcoing.

Jacques BERDIN avoit deux
enfans, fille et garçon, dont l'ainée
nommée *Marie-Joseph*, plantoit
fort bien des carottes; le fils, *Jean
Quertoffe*, annonçoit des talens
supérieurs, et, à sept ans, il servoit
déjà la messe comme un ange, ce
qui le fit remarquer de toutes les
religieuses Ursulines, et particu-
lièrement de la mère prieure, qui
engagea M. le directeur à prendre
soin de l'éducation de *Quertoffe*.

A l'âge de 12 ans il savoit parfaitement parer l'église, plier les surplis, remettre la chasuble, l'étole et les burettes dans les armoires ; en un mot, c'étoit le plus adroit sacristain de la chrétienneté tourquennoise. *Quertoffe* faisoit l'admiration de toute la communauté, aussi chaque religieuse, à l'envie, lui prodiguoit-elle des douceurs comme s'il eut été le pater du couvent : on avoit une telle confiance en lui que l'entrée de la maison lui étoit accordée sans réserve : il n'en abusa pas ! *Quertoffe* envioit le sort de sa sœur, parce que, disoit-il, *si j'été Mar' Josephe, je demandero à m'mère le permission de me faire Jupsuline.* Il conserva constamment du goût pour l'état religieux, et regrettoit souvent de ne pouvoir pas changer de sexe avec Marie-Joseph ; il en prenoit un tel chagrin qu'un jour de ducasse on vit *Quertoffe* refuser de venir se mettre à table, malgré la réunion de la famille et des amis

de son père ; on croyoit qu'il bou-
doit à cause qu'on lui avoit refusé
ce jour-là la permission d'aller
dîner aux Ursulines, et cela parce
que le père et la mère étoient glo-
rieux de faire voir à la famille combien *Quertoffe* étoit bien *écollé*.
Un de ses oncles, jardinier du châ-
teau de H..., homme fort jovial et
dont le bon sens égaloit les talens
dans son art, va le trouver, le plaisante sur ce qu'il paraissoit pré-
férer des religieuses à ses parens.
Quertoffe lui répond ingénument :
Eh ben awi je veux têtre religieuse,
u bien j'en morrai de changrin.
L'oncle de partir d'un éclat de rire
et de lui dire : *Innochent êche que*
te peux être religieuse ? si c'hétoit
prêle au moins à la bonne heure.
— *Vous croyez*, lui dit *Quertoffe*
— *Sans doute que je le cros.* —
Eh ben quement faire. — *Je me*
charge de te n'affaire, j'en par-
lerai à t'en père, qui t'enverra au
Séminaire à Tournai, et avant 3
ans dichi tè tra prêle, te busra

du vin tous les jours, te gagneras de l'argent à canter et à pourmener, je te réponds que ten metier vaudra mieux que le men. On fit bien la ducasse, *Quertoffe* fut fort gai, et le lendemain l'oncle détermina le père et la mère à lui donner de quoi partir pour le séminaire : il n'attendit pas que la ducasse fut passée, quoiqu'il aimât beaucoup la tarte, il partit pour Tournai le 26 juillet 17... A une lieue de là, il rencontra un de ses cousins, qui venoit à la ducasse et qui lui témoigna sa surprise de le voir sur la route ; *Quertoffe* l'informa du motif de son voyage et lui dit, que dans trois ans il seroit prêtre. — *Quoi cousin, trois ans pour te faire prête ! y pense-tu ? songe donc combien il t'en va coûter pendant che temps-là, et au bout de tout te n'tra incore qu'un prête de Tournai : puisque te veux absolument renonchié au métié de gardeinier, crois-me, va t'en à Paris, en moins de 3 mos t'en revenera savant et prête comme il n'y a en ara point deven Tourcoing.* Quertoffe sentit les raisons du cousin, revient avec lui, et dit à sa mère, surprise de le revoir, le motif de son retour. Le père et la mère goûtèrent fort les conseils du cousin ; et, aussitôt la ducasse finie, on fit mettre dans un coffre tous les habits, linge, etc., nécessaire à *Quertoffe* pour faire le voyage de Paris ; l'on mit surtout du linge pour 3 mois. --- Le père fit conduire sur une brouette le coffre à Lille. *Quertoffe* ne partit point sans aller faire ses adieux à toutes les religieuses Ursulines, et offrir ses services à quelques pensionnaires parisiennes que l'on avoit envoyées à Tourcoing pour apprendre la bienséance. L'une le chargea d'une lettre pour son cousin ; l'autre lui en donna une de recommandation pour son père, et l'autre pour une cousine qui étoit la racommodeuse de dentelles de Mgr. l'Archevêque de Paris. Les Religieuses lui donnèrent des confitures et du pain de St Hubert pour le préserver de la rage; *Querloffe* les embrassa toutes, en demandant qu'à son retour on lui donna la place de *noster* du couvent. La mère prieure lui promit qu'elle ferait tout ce qui dépendroit d'elle pour posséder un tel directeur dans le sein de la communauté. Il partit sur la charette du messager Jean-Bette, et vint coucher à l'Hôtel Bourbon, pour y prendre une place à la diligence de Paris : il partit le lendemain à 4 heures du matin ; la voiture étoit composée d'un capitaine de dragons, d'un receveur des fermes qui alloient à Paris, d'un capucin du couvent de Péronne, et d'une demoiselle dont on ignoroit l'état et la condition. On alla jusqu'à Douai, les uns dormant, les autres réfléchissant au motif de leur voyage. Ce ne fut qu'après avoir déjeûné qu'on commença à lier la conversation : le capitaine agaça la demoiselle ; le receveur des fermes réfléchissoit aux moyens qu'il employeroit auprès du directeur général qui le faisait venir à Paris pour rendre compte de plusieurs fautes dont il étoit accusé. Le père capucin récitoit ses heures ; lorsqu'il eut fini, *Quertoffe* le pria de vouloir bien les lui prêter ; le capucin l'assura que ce livre ne l'amuseroit pas.-- *Chela se peut, dit-il, mais je ne saro nen fâché pendant que je n'ai rien à faire à me mettre un petit causaite au faite du métié que je voi apprendre.* -- Le capucin se fit expliquer ce qu'il entendait par métier ? *Quertoffe* lui dit qu'il alloit à Paris pour apprendre à être prêtre. Le révérend père le tança d'une rude manière sur le mot métier, et lui dit : apprenez jeune homme que l'état ecclésiastique, le plus beau et le plus utile de tous les états, doit être révéré, et désormais ne vous servez plus de pareilles expressions. -- *Quertoffe* s'excusa de son mieux et promit bien de ne plus dire rien qui puisse blesser les oreilles du révérend père. Le capitaine et la demoiselle, qui avoient observé le silence pendant la semonce du religieux, firent jaser *Quertoffe* : il entra avec eux dans tous les détails des motifs de son voyage. On arriva le soir à Péronne, on se mit à table, au dessert *Quertoffe* fit voir les lettres de recommandation qu'il avoit pour Paris ; la demoiselle remarqua, avec une surprise affectée, celle pour mademoiselle Sophie.... Quoi, dit-elle, une lettre pour Sophie ! *vous l'connichez*, lui dit *Quertoffe* ? Si je la connois, c'est ma meilleur amie ; nous demeurons ensemble ! Pendant ce temps MM. les commis étoient occupés à ouvrir tous les bagages, pour savoir s'ils ne renfermaient pas quelques livres de tabac ou d'autres objets prohibés et contre les ordonnances du Roi : le receveur des fermes même n'en fut pas exempt. On se remit en route. *Quertoffe* bénit le ciel d'une aussi heureuse rencontre ; la demoiselle l'engagea beaucoup à ne pas loger ailleurs que chez elle ; ce qu'il accepta avec toutes les expressions de la reconnoissance. On arrive à Paris, on prend un fiacre où on mit le coffre dedans, fouette cocher, rue St-Honoré, N° 17, on descend chez mademoiselle Sophie qui n'étoit pas seule. Le Tourquennois remit la lettre à la prétendue cousine de la pensionnaire des Religieuses Ursulines, et pendant qu'il étoit extasié et admiroit les nombreuses ouvrières de la raccommodeuse de dentelles de Mgr l'Archevêque, la demoiselle de voyage mit sa camarade au fait, qui d'ailleurs le fut suffisamment après la lecture de la lettre. — *Eh ben, mademoiselle Sophie, aiche ou que vous parlerez pour mi à Mgr. l'Archevêque, pour qui me fache prêtre d'ichi à 3 mos* — Comment dans 3 mois ? j'espère bien que vous ne serez pas 3 semaines sans être tondu et frisé en rond, ensuite trois autres semaines pour endosser la soutane! *O mon dieu queu bonheur!*--Allons, Monsieur *Quertoffe*, vous allez souper avec nous, et comme vous devez être fatigué; vous vous coucherez de bonne heure, et demain je vous conduirai à l'Archevêché. On le régala bien, on le fit boire du vin de liqueur, dans lequel on avoit infusé siz gros de jalap; il en but copieusement, ensuite on le conduisit coucher dans un bel appartement : on lui dit que s'il avoit besoin de quelque chose, il n'avoit qu'à sonner: on avoit eu soin de retirer tout ce qui pouvoit lui servir en cas de besoin. Vers deux heures du matin il fut saisi d'une colique violente; il tâte dans la table de nuit, il n'y trouve rien, il sonne; personne ne vient : il court à la porte en pan-volant, elle est fermée au double tour; il frappe, on vient comme si l'on étoit éveillé en sursaut. Eh bien, Monsieur, quel tapage ?—

Mamezelle Sophie , uche quelle est le cambre ! --- De qui la chambre ? ou croyez-vous être ? -- *Mademoizelle Sophie je n'en peu pu ?* -- Comment impertinent vous abusez de l'hospitalité. --- *Mi mamezelle ? dépêchez-vous de m'ouvrir el porte , sans quoi je va quié su vot biau planquié chiré , che tra vot faute !...* En effet , à peine était-il sur l'escalier qu'il lâcha de quoi soulager sa colique , on le conduisit à la porte de derrière de la rue , qu'on referma en lui disant : Lorsque vous aurez fini , vous frapperez. Il se mit à son aise contre la muraille , quand il eut fini il frappa , mais personne ne vint lui ouvrir. Il commençoit à faire jour lorsqu'une femme qui , le voyant dans cette état , lui en demanda la cause ; il lui raconta comment il étoit logé chez la raccomodeuse de dentelles de Mgr , qu'en descendant dans la cour la porte s'étoit refermé sur lui , et que , depuis une heure , il frappoit inutilement pour se la faire ouvrir. Cette femme lui dit qu'elle connoissoit mademoiselle Sophie, et qu'elle alloit frapper à sa porte de devant pour la lui faire ouvrir. Elle le pria, en attendant qu'elle revienne, de vouloir bien tenir un paquet qu'elle portoit dans ses bras, et la voilà qui part. Plus d'une grosse demi-heure s'étoit écoulée lorsque *Quertoffe*, pestant d'impatience, posa son paquet à terre ; quelle fut sa surprise d'entendre les cris d'un enfant nouveau né ! c'étoit le paquet de la femme. Alors il se mit à crier de toutes ses forces : *Mamezelle Sophie, mamezelle Sophie, venez donc vite m'ouvrir l'porte*, lorsque vint à passer un ecclésiastique qui alloit dire la première messe à St Roch. Ce brave homme ne tarda pas à deviner que le trop crédule *Quertoffe* étoit victime de son extrême bonhomie ; il frappa dans une maison du voisinage pour y déposer l'enfant et en prendre soin jusqu'à ce qu'il le fasse porter chez le commissaire du quartier et lui faire sa déclaration ; il s'occupa ensuite de conduire chez lui le Tourquenois, de lui donner une paire de culottes, des bas, des souliers, une vieille soutane et un bonnet carré. Tenez mon ami, voilà 6 francs. Retournez vous-en à Tourcoing et renoncez à prendre un état pour lequel vous n'avez aucune des connoissances requises. ---- *Et men coffre ? m' n'argen, m' zhabits, je ne peux nen partir comme chela !* --Croyez-moi, lui dit l'honnête ecclésiastique, renoncez-y ; car, dans la supposition que vous parveniez à justifier l'escroquerie des femmes chez qui vous avez été loger imprudemment, ce qui sera difficile, vous vous exposeriez à vous faire baffouer et couvrir de honte. Retournez au plus vite chez vos parens. *Quertoffe* souhaite le bon jour à son généreux bienfaiteur, qui lui donna un savoyard pour le conduire à la porte St-Martin,

et lui indiquer la route de Lille.
—Son costume de prêtre, voyageant à pied, le fit remarquer sur la route ; un riche négociant de Cambrai, qui voyageoit avec sa voiture, l'interrogea ; le bon Tourquennois lui raconta sa mésaventure, il en prit pitié, le fit monter auprès de lui, et le ramena jusqu'à Cambrai : là, il remercia le négociant et s'achemina jusqu'à Lille, où il vint coucher au laboureur. Le lendemain il se remit en route pour Tourcoing.—— *Marie-Joseph* sa sœur, étoit montée sur un arbre et occupée à cueillir des prunes, lorsqu'elle reconnut *Quertoffe*, malgré son changement de costume, —*Quoi*, dit Marie-Joseph, *te v'là déjà : qu'eu bonheur ! te v'la déjà prêtre ! Mon dieu, comme chela va vîte à Paris.* —— Et aussitôt elle court avertir le père, la mère et toute la communauté que *Quertoffe* étoit revenu prêtre de Paris. Le pauvre garçon ne partageoit pas l'allégresse de la

famille. Il raconta, en pleurant, comment il avoit perdu son coffre et tout ce qu'il possédoit. La joie se changea en tristesse, et *Quertoffe* n'osa plus paroître dans Tourcoing, de peur d'être exposé à la risée de ses concitoyens.

FIN.

AIRS NOTÉS.

N° 1.

MICHAUX et le gros Colas.

ALLONS y faut que je te marie.

N° 3.

CHÉ le fil-le à Ma-rie.

TABLE

DES CHANSONS

CONTENUES

DANS CE HUITIÈME RECUEIL.

Fin de la Table.

Lille.--Imprimerie de VANACKERE fils,
Libraire, place du Théatre, 10.

www.ingramcontent.com/pod-product-compliance
Lightning Source LLC
Chambersburg PA
CBHW060817180626
46818CB00002B/851